古利和古拉大扫除

[日] 中川李枝子 著　[日] 山胁百合子 绘　季颖 译

北京联合出版公司
Beijing United Publishing Co.,Ltd.

清晨，阳光穿过窗帘缝照射到
田鼠古利和古拉的枕旁。
“哎呀，真晃眼。”
古利跳起来，拉开窗帘。

“哇，天气真好！”
古拉打开窗户。
两只田鼠抽动着鼻子闻了闻，
大声欢呼：
“啊，春天的气息！”
阳光洒满屋子，
把房间照得通亮。

吃早饭的时候，

古利和古拉发现屋子里到处都是灰尘，

他们很吃惊。

“一冬天都没通风了。”古利说。

“窗户也被大雪封上了。”古拉跟着说。

他们决定：“今天大扫除！”

古利和古拉脱下毛衣，挽起袖子。

太阳暖融融
欢喜又幸福
灰尘轻飘飘
到处乱飞舞
现在就动手
来做大扫除

“阿嚏！”

古利和古拉一唱歌，被灰尘呛得直打喷嚏。

“要准备的东西有：

防尘用的口罩、眼镜和帽子。”

古利和古拉用围巾捂住鼻子和嘴，

戴上防尘镜和帽子。

“和滑雪时的打扮一样。”

古利和古拉去拿大扫除的工具。
他们打开堆放杂物的小屋一看，
笤帚、掸子和抹布全都不能用了。
“怎么回事？都变成棍了。”
“这个破破烂烂的是什么呀？”

“真糟糕，怎么办呢？”古利犯起愁来。

“不怕，可以用旧布重新做。”

古拉从小屋的角落里拖出一个大包来。

破了洞的袜子、手套和毛衣，
破衬衫、破裤子、破窗帘、旧手绢、旧毛巾……
什么都有，满满一大包。

古利啪地拍了一下手说：

“我来当抹布。”

他穿上三双袜子，
套上破了洞的毛衣，
穿上破裤子，戴上手套，
又把窗帘围在身上——

用肚子贴着地滑，

屁股蹭着地滑，

躺着用背滑，滑来又滑去。

“嗨！我是抹布大王。”

古拉也啪地拍了一下手说：

“我来当笤帚。”

古拉把衬衫和毛巾扎成布捆儿绑到脚上，
这么一走，嘿，灰尘就扫到一起了。
布捆儿拿在手上还能当掸子！
啪嗒啪嗒，顺便掸掸灰。
“嗨！我是笤帚兼掸子。”

太阳暖融融
春天来到了
灰尘轻飘飘
到处乱飞舞

在这世界上
最最喜欢扫
最最喜欢擦
古利　古拉
古利　古拉

这时，小兔吉克从窗前走过，

看见他们，就问：“你们是什么人？”

古利和古拉回答说：

“抹布。”

“笤帚兼掸子。”

“哇！”

吉克一听，吓得转身就往原野那边跑，

一边跑一边大声喊：

“不好了！不好了！

古利和古拉家出妖怪了。

抹布妖怪！还有笤帚兼掸子！”

小兔子们正在玩捉迷藏，
听了吉克的话立刻停下来，说：
“咦，真的？有妖怪？我们要看妖怪！去看妖怪！”
“好，大家一块儿去就不害怕。”

吉克领着伙伴们来到
古利和古拉家，
悄悄往屋里探头张望。
“妖怪在哪儿呢？”
古利和古拉听见了，说：
“已经不在了。
大扫除做完了。”
“进来看看干净的屋子吧。”

小兔子们互相把粘在头上和背上的树叶草棍什么的摘掉，
又在门口的垫子上把脚蹭干净，走进屋里。
哇，屋子打扫得好干净啊！

正巧，赶上吃点心的时间。

古利和古拉做的胡萝卜曲奇好吃极了。

北京市版权局著作权合同登记 图字：01-2020-2402